AF602466

20 juin 1870

Produit 16,606

Vente des 20, 21, 22 et 23 Juin 1870

APRÈS DÉCÈS DE Mme Vve R...

Collection Richard

TABLEAUX

OBJETS D'ART, MEUBLES

EXPOSITION

Le Dimanche 19 Juin 1870, hôtel Drouot, salle n° 1

Me ALEXANDRE
COMMISSAIRE-PRISEUR

MM. DHIOS et GEORGE
EXPERTS

PARIS — 1870

EXEMPLAIRE DE DHIOS

honoraires reçus 664.25

RENOU ET MAULDE
IMPRIMEURS DE LA COMPAGNIE DES COMMISSAIRES PRISEURS
Rue de Rivoli, 144.

CATALOGUE

DE

150 TABLEAUX

ANCIENS

Des Ecoles Française, Flamande, Hollandaise et Italienne

OBJETS D'ART ET DE CURIOSITÉ

Porcelaines de Chine, du Japon, de Saxe et de Sèvres

BRONZES, MARBRES, TERRES CUITES

Miniatures, Dessins, Objets divers

MOBILIER

Meubles, Glaces, Pendules, Candélabres, Lustres, Tapis, Rideaux, Porcelaines, Cristaux, etc.

DONT LA VENTE AUX ENCHÈRES PUBLIQUES AURA LIEU

Par suite du décès de Mme Veuve R...

HOTEL DROUOT, SALLE N° 1

Les Lundi 20, Mardi 21, Mercredi 22 et Jeudi 23 Juin 1870

A UNE HEURE

Par le ministère de Me **ALEXANDRE**, Commissaire-Priseur, rue Turenne, 130,

Assisté de **MM. DHIOS** et **GEORGE**, Experts, rue Le Peletier, 33.

EXPOSITION PUBLIQUE

Le Dimanche 19 Juin 1870, de 1 heure à 5 heures.

PARIS — 1870

CONDITIONS DE LA VENTE

Elle sera faite au comptant.

Les Acquéreurs paieront CINQ POUR CENT, en sus des enchères.

ORDRE DES VACATIONS

Le Lundi 20 *juin 1870* : Le Mobilier.
Le Mardi 21 — Les Objets d'art.
Le Mercredi 22 — Tableaux.
Le Jeudi 23 — Tableaux.

DÉSIGNATION

TABLEAUX

ALBANE (École de l')

1 — Repos de la Sainte Famille.

BEELDEMACKER

2 — Chiens de chasse.

BEELDEMACKER

3 — Chiens en arrêt.

BERGHEM (École de)

4 — Marche de bestiaux.

BESCHEY

5 — La Sainte Famille.

BIBIENA

6 — Palais au bord de la mer.

7 — Monuments italiens.

BIBIENA.

8 — Architecture et Figures.

BLOOT (P. DE).

9 — Le Joueur de vielle.

BOUCHER (École de).

10 — L'Escarpolette.

BOUCHER (École de).

11 — Pastorale.

BOURGUIGNON (Attribué à).

12 — Deux combats de cavalerie.

BRAMER (LÉONARD)

13 — Jésus au milieu des docteurs

BREEMBERG (Attribué à)

14 — L'Adoration des Mages.

BREUGHEL (Abraham)

15 — Fleurs et Fruits.

CANTARINI

16 — Le Repos en Égypte.

CARRÉ (Michel)

17 — Le Repos des bergers.

18 — L'Abreuvoir.

CHARLET (Signé)

19 — Le Marchand de mort aux rats.

CHAUVEAU (Signé)

20 — Vue d'une ville de Turquie.

CUYLEMBURG

21 — Baigneuses et danse de Nymphes, deux pendants.

DEKKER (Signé F.)

22 — La Maîtresse d'école.

DESPORTES (François)

23 — Singes et Chiens.

DROUAIS (Manière de)

24 — Portrait de jeune femme.

DUPONT (Ernest)

25 — Tête de jeune fille.

DURANTE (Giorgio)

26 — Oiseaux de basse cour.

EISEN

27 — L'Escarpolette.

FALENS (Van)

28 — Halte de chasse.

FONTENAY (Blainde)

29 — Vase de fleurs.

FRAGONARD (École de)

30 — Jeune fille et Amours. Esquisse.

FRANCK

31 — Le Repos des villageois.

FRANCK

32 — Adoration des Mages.

GIORDANO (Luca)

33 — L'Enlèvement d'Europe.

GREUZE (D'après)

34 — L'Accordée de village.

GREUZE (D'aprè

35 — La Pelotonneuse.

GREUZE (Genre de

36 — Le petit saint Jean.

GREUZE (D'après

37 — Le Bénédicité.

GRYEF (A.)

38 — Trophées de gibier. Deux pendants.

HALS (Dirck)

39 — Les Fumeurs.

HEDA

40 — Nature morte.

HOET (Gérard)

41 — Diane au bain.

HEUSCH (Guillaume de)

42 — Paysage, voyageurs au repos sur les bords d'un torrent.

HOLBEIN (École de)

43 — Portrait de femme vêtue de noir.

HONDEKOETER (Attribué à M.)

44 — Poules et poussins.

JANNECK

45 — Samson et Dalila.

JUAN DE TOLEDO

46 — Combat naval.

LAFOSSE

47 — Tête de jeune fille, forme ovale.

LAHYRE (L. DE)

48 — Le Christ en croix, la Vierge, sainte Madeleine et saint Jean.

LAJOUE

49 — Paysage boisé arrosé par un cours d'eau; au premier plan plusieurs personnages et des animaux.

LALLEMAND

50 — Ruines avec personnages.

LANCRET (Genre de)

51 — Le Menuet.

52 — Le Miroir.

LANDRY

53 — Portraits d'une jeune dame et de ses enfants représentés dans un boudoir Louis XVI.

LANFANT DE METZ

54 — La fête de la Vierge.

LANFANT DE METZ

55 — Sous ce numéro, trois Tableaux représentan des Scènes enfantines.

56 — Berger couronnant une jeune fille.

LARGILLIÈRE (École de)

57 — Portrait de jeune femme.

LAURI (Filippo)

58 — Triomphe de Bacchus.

LAVAUDEN, 1829

59 — Scène de comédie.

LEBRUN

60 — Le Jugement de Pâris, motif de plafond de forme ovale entouré de guirlandes de fleurs et de quatre médaillons, représentant des luttes d'Amours peintes en grisaille.

LEBRUN (École de)

61 — La Madeleine.

LECLERC DES GOBELINS

62 — Composition allégorique. Les Muses.

LENOIR

63 — Paysage. Effet de neige.

LÉPICIÉ (Attribué à)

64 — La Confidence.

LERICHE

65 — Les Attributs de l'Amour.

LORRAIN (Genre de CLAUDE)

66 — Port de mer.

LORRAIN (Genre de C.)

67 — Paysage avec marche de troupeaux.

LORRAIN (École de CLAUDE)

68 — Ville maritime.

MAAS (N.)

69 — Tête de femme en profil.

MANS (François)

70 — Réunion de villageois à la porte d'une auberge, auprès d'un canal sillonné de barques.

MIERIS (Guillaume)

71 — Pan et Syrinx.

MILET (Francisque).

72 — Tombeaux antiques. Deux pendants signés :
J. Millet Francisque, M.DCCXVII.

MOOR (Karl de)

73 — Jeunes dames hollandaises cueillant des fleurs. Deux pendants.

MOOR (Karl de)

74 — Portrait d'un gentilhomme hollandais, figure en pied.

NATOIRE (Attribué à)

75 — La Musique, figure allégorique. Forme ovale.

NETSCHER (École de)

76 — Portrait d'une jeune femme représentée assise, cueillant un œillet dans un vase de fleurs.

77 — Portrait d'une jeune dame représentée en pied à l'entrée d'un parc.

78 — Vertumne et Pomone.

NIEULANT (G. Van)

79 — Le Repos en Egypte, peinture sur marbre.

NOLLEKENS (Signé B.)

80 — Le Retour du marché.

OCTAVIEN

81 — Le Déjeuner sur l'herbe.

OSTADE (École de J.)

82 — Intérieur rustique.

PANNINI (J.-P.)

83 — Ruines de palais italiens.

PATER (École de)

84 — Halte de chasse.

PETERS (Bonaventure)

85 — Marine. Forme ronde.

POUSSIN (École de N.)

86 — Bacchanale.

PRUD'HON (D'après)

87 — L'Assomption de la Vierge.

QUERFURT

88 — Le Maréchal ferrant.

ROBERT (Hubert)

89 — Ruines d'un temple circulaire, avec personnages.

ROMANELLI

90 — Repos de la Sainte Famille.

ROSSI

91 — Porte d'église. Esquisse.

ROSSI (Signé)

92 — La Leçon de musique.

ROTTENHAMER

93 — Composition allégorique.

RUYSDAEL (École de)

94 — Petit Paysage.

SALVATOR (École de)

95 — Personnages arrêtés au bord de la mer.

SAVERY (Roland)

96 — Concert d'oiseaux.

SERVANDONI

97 — Palais en ruines.

SOLIMÈNE

98 — Motif de plafond.

SON (Van)

99 — Lièvre et Perdrix.

STENWYCK

100 — Intérieur d'Eglise.

STELLA

101 — Mariage de Sainte Catherine. Grande miniature sur vélin.

STOCKLEIN

102 — Intérieur d'Eglise.

103 — Intérieur d'Eglise.

TENIERS, père

104 — Troupeau de bœufs et de moutons; à droite, des villageois jouant aux cartes.

TENIERS (École de)

105 — La Tentation de Saint-Antoine.

TOURNIÈRES (Genre de)

106 — Portrait d'un guerrier.

VELDE (D'après A. Van den)

107 — Paysage et animaux.

VERMEULEN (A.)

108 — Les Patineurs.

VERNET (École de)

109 — Paysage. Forme ronde.

VÉRONÈSE (D'après P.)

110 — Moïse sauvé des eaux.

VESTIER

111 — Portrait de femme, en buste, représentée en peignoir du matin.

VIDAL (L.)

112 — Fruits, Fleurs et Perdrix. Deux pendants.

WATTEAU (École de).

113 — Le Concert.

WITT (Attribué à E. de)

114 — Intérieur d'Eglise.

ZEEMAN (RENIER)

115 — Marine avec vaisseaux de haut bord.

ZORG (H. ROKES)

116 — Intérieur de Cuisine.

ÉCOLE FRANÇAISE

117 — Le Rémouleur.
118 — Le Théâtre de Marionnettes.
119 — La Partie de Cartes.
120 — La Collation. Pendant du précédent.
121 — Hébé.
122 — Vénus au repos.
123 — Saint François en prières.
124 — Portrait d'une dame avec ses enfants.
125 — La Lecture.
126 — Récréation.
127 — Deux têtes de jeunes Filles.
Deux pendants de forme ovale.
128 — Portrait d'homme.

ÉCOLE MODERNE

129 — Nymphe et Amours.
130 — Moissonneuse endormie.

ÉCOLE HOLLANDAISE

131 — Le Maître d'école.
132 — Villageoise gardant des bestiaux.
133 — Portrait de jeune Garçon tenant une lettre.
134 — Chevaux au pâturage.
135 — Judith.
136 — Portrait de Femme.
137 — L'Enfance de Neptune.
138 — Portraits d'Enfants.

ÉCOLE FLAMANDE

139 — La Vierge, l'Enfant et saint Jean Baptiste.
140 — Lapidation de saint Étienne. Peinture sur marbre.
141 — Seigneur courtisant une dame.
142 — La Visitation.
143 — Deux petits Portraits ovales.
144 — Paysage traversé par une rivière.

ÉCOLE ALLEMANDE

145 — L'Enfant prodigue.
146 — Jeune Femme tenant un masque.

ÉCOLE VÉNITIENNE

147 — Sujet tiré de la vie du Christ.

ÉCOLE BOLONAISE

148 — Vision de sainte Thérèse.

149 — Vision de Saint François et la Sainte Famille. Deux pendants.

ÉCOLE ITALIENNE

150 — Villes maritimes d'Italie. Deux pendants.

151 — Architecture. Deux pendants.

152 — Saint en adoration devant l'Enfant Jésus.

153 — Huîtres et Poissons.

154 — Guerrier recevant la communion.

155 — Deux Anges.

156 — La Vierge et l'Enfant Jésus.

157 — Les Tableaux non catalogués.

OBJETS D'ART

Porcelaines de la Chine et du Japon : Potiches, Vases montés en bronze, grand Bol, Cornets, Tasses, Soucoupes, Théières, Sucriers, etc.

Porcelaines de Saxe : Figurines, Groupes, Cabaret, Tasses, etc.

Porcelaines de Sèvres : Théières, Tasses, Assiettes montées. Pots à crème en Sèvres, pâte tendre. Grands Groupes en biscuit de Sèvres.

Terres cuites : Groupes, Bustes et Figurines de l'École Française.

Marbres : Deux Bustes en marbre blanc, une Figurine de Baigneuse, etc.

Bronzes : Statuettes et Bustes de personnages historiques, Groupes, Pendule Louis XVI, etc.

Miniatures. Environ 25 Miniatures de diverses époques.

Dessins. Quelques Dessins de l'École française.

Objets divers : Meuble d'encoignure en bois laqué époque Louis XV. Coffret en marqueterie d'ivoire et d'écaille, petit Guéridon en bronze doré, Bas-relief en ivoire avec encadrement Louis XIII; Pendule en marqueterie de cuivre sur écaille garnie de bronzes, etc., etc.

MOBILIER

Meubles de salon et de chambre à coucher.

Meubles divers en acajou, palissandre et bois rose. Bons Couchers.

Pendules, Candélabres, Lustres.

Glaces, Tapis, Rideaux en soie et autres.

Porcelaines, Cristaux, Batterie de cuisine en cuivre, etc., etc.

Renou et Maulde, imprimeurs de la Compagnie des Commissaires-Priseurs
rue de Rivoli, 144. 8698

www.ingramcontent.com/pod-product-compliance
Ingram Content Group UK Ltd.
Pitfield, Milton Keynes, MK11 3LW, UK
UKHW020528180726
13839UKWH00005B/2371